I0766924

BESKRAJNA LJUBAV

•

Stacy
Nicholson

2024

ISBN paperback: 978-0-6455337-6-7
ISBN ebook: 978-0-6455337-7-4

Lektor: Ivo Kobaš
Format knjige: Natalia Agapova
Dizajn korica: Natalia Agapova
Illustracije: www.dreamstime.com & www.freepik.com

SADRŽAJ

VELIČANSTVENA ZVONA
Religiozna poezija

VELIČANSTVENA
ZVONA
Religiozna
poezija

ON KOJI JE U SLAVI VELIČANSTVENOG DOTAKAO NEBO

Moja ljubavi velika, sjećanje na tebe i mene još živi u meni.Kao u odrazu ogledala, kristalno jasno vidim sliku mladih nas. U tišini čujem odjeke poznatog dubokog glasa tvog. Iako mi pogled i sjećanja prolaze kroz ponore srca. Iako su se mnoge zime i ljeta, proljeća i jeseni smijenile kroz moj život.

Sudbina je samo na trenutak spojila naša srca. Ljubav se nije ugnijezdila da plete svoje mreže od zlatnih niti i sjajnih zvijezda. Samo je napravila zauvijek i vječni rastanak između nas dvoje. Susreo si me na jednoj stepenici između svojih brojnih, slavnih osvajanja, bitaka i ratova, gradeći staze do vrha najveće planine od svih.

Na svom putu prema visinama svijeta i s ciljem da dosegneš nebo, sreo si me. Na putu do mjesta o kojem čovjek može samo sanjati, ti si želio hodati. Planirao si i pripremio se za moć i slavu, ne za ljubav mog srca. I sad, dok kopam po životnim sjećanjima, vidim tvoju sliku kao amajliju i najdragocjenije blago u mom srcu.

Sjećam se prošlih dana. Nove misli se rađaju i podsjećaju me na uvelo cvijeće koje nikad nije procvjetalo. Takva je bila i naša ljubav. Kao sveti cvijet koji nikad nije procvjetao. Dok brojim godine preostale nakon tebe, u samoći, kao da je moj život počeo kad sam se zaljubila i upoznala tebe.

Moje suze kao bijeli biseri umjesto tvojih poljubaca sada
krase moje ostarjelo lice, dok ja šaljem ti ljubav tamo gdje
je vrh planine, a ti svojim rukama dodiruješ oblake na nebu.
I gdje si ti sada na vrhu svijeta veličanstven i proslavljen
čovjek. Znam da sa neba gledaš dolje i osjećam tvoju
ljubav koja čini štit nada mnom.

Dolje na zemlji, ja, u manastiru sam konačno pronašla
svoj dom. Odatle se molim za tebe da na tom mjestu
gdje sada živiš i tvoje ruke dodiruju nebo, ti si našao
sreću i radost u svojoj slavi.Bog je donio odluku o nama
i izabrao naše puteve.Da tvoje srce postane veličanstveno
i ti rukama dosegneš nebo. Da moje srce postane sveto i
unutar tame pravi svjetlo.

Ljubavi moja, još te u snu svome gledam.
Uzdasima svojim kosu ti mirišem.
I dok ti spavaš ja tvoje usnule oči ljubim,
a tvoji osmjesi na dušu moju kao melem padaju.

U moj život sletjela si kao peruška bijela sa neba.
I ja se pitam jesi li ti anđeo koji je na moje srce
pao ili su te zvijezde sa noćnog neba poslale
da dotakneš srca sviju oko sebe, a ne samo mene?

U mirisu cvijeća sad za tvojom ljubavlju tragam
kao za proljetnim vjetrom koji je kroz moj život
nježno prošao i dotakao moje srce ostavljajući
vječnu čežnju za toplinom duše tvoje.

Ti, ljubavi moja, u mom životu si kao pahulja
bijelog snijega bila: nježna, prekrasna, divna.
A ja ne znam i ne mogu ljepotu dočarati tvoju.
Sve što oči vide, a srce osjeća, teško u riječi stane.

Anđelu moj, ljubavi života moga, ja tebe i ljepotu
tvoju zaboraviti ne mogu i neću. Tvoju ljubav kao
zvijezdu sa neba ja držim i u srcu čuvam da u
danima i noćima života moga, tamu razbija.

Ja zauvijek zahvalan Bogu biću za zvijezde u očima
tvojima koje su za mene sjale, a najviše zato što
voljen sam bio čistim srcem i nevinom dušom tvojom.
Moj život blagoslovljen ljubavlju tvojom je bio.

RAJKSI CVIJET

Cvijetu moj, dok spavam ja tvoje obraze
ko latice nježne poljupcima svojim diram
i med sa usana tvojih pijem.
Tvoja ljepota nestvarna je i božanska.

Kako srce svoje ti otvori i zavolje mene,
ja to nikada neću znati. Ja ne znam
kako do mog srca ti put nađe i dođe
jel oči moje u tvojima beskraj vidješe.

Mnoge godine u vihoru života prođoše
i srce umorno od življenja postade
ali nikada od ljubavi tvoje, iako
desetljećima ti san si moj, a ne stvarnost.

Labude moj, ti koja si izrasla u rajski cvijet
koji dušu moju od grijeha oslobodi i srce
oplemeni zvijezdama iz očiju svojih, tvoja
ljubav u srcu mome postade moja vječnost.

NADA I SVJETLOST

Ljubavi moja, na putu vječnom si ti,
a za ljubavlju ti srce traga.
A ja se pitam kako srca zalutaše naša
i kako naše životne staze postaše
jedan put u tu zauvijek vječnost?

Ja još uvijek lutam, tumaram u potrazi
za sobom i spasom duše moje,
a ti me vodiš kroz hodnike duge,
a ja ne znam gdje oni vode?

I pitam se je li srce moje lupati stalo
samo da prekine tišine vječnosti
i pronađem snove izgubljene?
I pitam se gdje misli odlutaše tvoje kad
duše naše kao peruške bijele dotakoše
jedna drugu?

Kako god da bilo, još ne mogu da se sjetim
zašto sinoć plakala sam kad ponovo danas
sam sretna? Ja mislim da na putu u vječnost
sam pronašla nadu i svjetlost.

ZAKLETVA

Ja, smrtnica i pokornica,
zaklinjem se Bogu dragom
da će moja ljubav prema njemu
sveta biti.

Da ću postiti, svijeće paliti i
njegovo sveto ime svetiti.
Kad u crkvu dođem, ja ću da se
klanjam i svete slike da ljubim.

Ja zaklinjem se dragom Bogu
da ću ime njegovo svetiti kroz
molitve moje i u bolu i u tuzi.
Vjeru svoju u njega nikad neću gubiti.

Biću pobožna, zaklinjem se ja
i kroz molitve zakletve ću davati.
Da poštovaću zakone svetosti njegove ja.
Da poštovaću Crkvu i službu njenu.

Kad u crkvi svijeću palim ona će
da plamsa i svjedoči da je
život u kraljevstvu vječan.

PROSVIJETLJENA

Za pokoru Bogu ja sam
svoje srce svijetu dala
da se njime ljubav pravi,
a oni što se Bogu mole
da im radost i sreću dari
kada mome tijelu
ništa osim boli dalo nije.

I u tami gdje zvijezda
nema moje srce sada sija.
I ja znam da sa neba ja
sam pala zato u mom tijelu
srce moje nevoljeno razvilo
se nije. Moja duša prvi put
mir je u tišini našla.

Maramom crnom ja
svoju kosu pokrila sam i
oči njome ukrasila.
Zato Bog je rekao da zvijezde
samo u tami mogu da se
osnaže i prosvijetle.

POKAJANJE I POKORA BOGU
“ON”

Ljubavi moja što na nebu
ti ćeš da se svetiš i sveta biti,
hvala što si meni čast dala
da na nebo ja te pratim.

Moje tijelo tada živo biti neće,
ali će duša moja to da gleda
kako u oblake ti ćeš da se penješ.
Ti u srcu mirna budi i nastavi sjati.

Tamo gdje si ljubav našla,
skriveno će biti tijelo moje.
Ja te molim, ti ga svojim svjetlom
nađi i mene prosvijetli.

Ja u srcu grijehe mnoge nosim
i njima se ne ponosim. Ti mi,
mila moja, grijehe praštaj i od Boga,
na putu sve do neba oprost traži.

Ja sam vjeru izgubio,
a sada se kajem što sam,
mjesto neba, za zemlju zavjet dao.

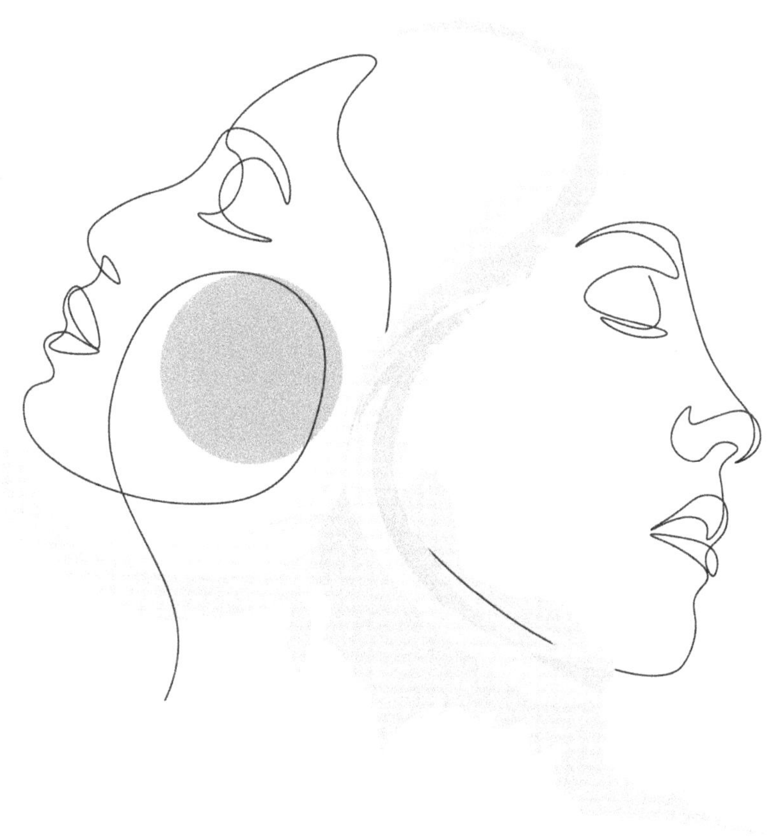

POKAJANJE I POKORA BOGU
"ONA"

Ljubavi moja, ti ne gubi nadu
i u Boga vjeru ti potraži.
Ja ću da klečim i za tebe
da se Bogu molim tvoji
grijesi da postanu moji.

Ja sam svoje srce dala, ali je
Bog odlučio da me nagradi
za pokoru moju. Ja sam svijetu
pokazala svoju veličinu.

Za zavjet Bogu ja ću život
Crkvi dati. Ti ćeš da se spasiš,
ali pokori moraš da se vratiš.
Ti iskren u pokori budi i sjeti se,
svi su grešni na ovome svijetu.

U Crkvu idi i oprost potraži.
Dušu svoju oslobodi.
Kada čas da umireš dođe,
ti ne plači, već hrabro korači.

VELIČANSTVENA ZVONA

Ljepoto usnulih očiju mojih, ti za sebe
na nebu si mjesto našla.
Kako da te pratim kad na ovom svijetu
grešnik sam bio, a ne pokornik?

Duboko je more plavo i u crnilo mu
dubina ide. Takvi su ti grijesi moji sa
plavetnilom počeli da se prave i u dubinama
se zagubili kao u Mrtvo More zašli.

Sad se pitam kako mi je srce otplovilo
u crnilo tamo? Kako da se Bogu za mene
moliš i oproste da mi tražiš?
Ja sad nemam snage ni da se pomolim?

Ja ne želim da svetost svoju na me
trošiš, nego da se njome ti ponosiš.
Za pokoru ja ću Crkvu praviti i novac dati.
U njoj da se moli, a tvojim imenom crkva
da se ponosi.

Mošti tvoje u njoj će da se svete, a ti kad za
nebo vrijeme dođe da se spremaš, ja ću zemlju
ovu da pripremim. Crkvena zvona dva puta viša
nego Katedrale ima da zazvone.

Ja ću zlatom zvona da pozlatim, cijelom zemljom
da se čuju. U njegovo milostivo ime našeg Kralja
će da zvone. Kad u nebo ti kročiš za trenutak tvoje
slave, cijela zemlja ima de se sveti.

VELIČANSTVENA ZVONA II

Hvala tebi što se ponudi da na nebo
mene pratiš. Ali moja duša od tebe
žrtvu tu ne želi. Moj život nije pozlaćen
bio da se moja duša zlatom sveti.
Zlato svoje nečemu drugom ti posveti.

Kao život što živjela sam ja ću skromno
na malena vrata u kraljevstvo vječno ući.
Ja želim spokoj naći i dušu svoju osloboditi,
a ne na zemlji ime svoje pozlatiti.
Ti sebe za kraljevstvo vječno spremaj.

U Crkvu idi i vjeru u srcu ti potraži. Možda
kasno nije. Bog ti grijehe u moje ime
opraštati neće, jer ti sam da se pokaješ za
nevjerstva trebaš. Grijesi sprani biti moraju.
Tvoja slava i zlato pomoći ti na tom putu neće.

Ja ću da klečim, za te da se molim da duša
ne poklekne tvoja u kotlu gdje ćeš grijehe prati
svoje i oproste tražiti. Zbog ljubavi svoje ja ti sve
oprostih, ali nije moje da ti sudim. Ja samo mogu
da se Bogu za tvoju dušu molim.

Gledala sam kad na putu slave svoje u crne
vode ploviš, barjak nosiš i njime se ti ponosiš.

SVJETLEĆE SRCE

Ja na putu vječnom u kraljevstvo da uđem
da se molim neću. Preveliki su grijesi moji
sad da oprostim tražim i Bogu se molim.
Ja sam slavu već doživio ovdje na zemlji.

Ljubav nije ugnijezdila niti svoje
među srca naša, ali oči plakale su moje
kada vidjeh kako ranjeno je bilo srce tvoje.
Zato ti ne traži da se vjeri tvojoj vratim.

Ti nastavi svijet srcem svojim sjati koje
trebalo je moje biti, a ti ga pokloni svijetu.
Hvala tebi što ćeš ti za mene u Crkvi
svijeću paliti i za moju grješnu dušu moliti.

Ako moje zlato dobro nije, ja šta drugo za
pokoru Crkvi i u slavu Bogu priložiti nemam.

Ti za mene, dragi, pravdu tražiti nemoj.
A posebno nemoj ime moje zlatiti. Ko ranio je
srce moje, ja mu oprost dadoh. Ko život zagorčao
je meni, ja mu ime zaboravih. A mnogo ih bijaše.

Barjak tvoj nositi i pravdu tražiti ja ne želim, nego
uz krst u samoći ja ću za naše duše da se molim.
Kada tijelo tvoje dušu ispusti nek ti ljubav moja
svijetli i kroz tamu vodi.

Život ja sam Crkvi dala, srce svijetu, a ljubav
što nekada bijaše tvoja, ja poklonih Kristu.

LJUBAV ZA VJERU U BOGA

Dragi moj, ti ne laži da zlato svoje
za pokoru Crkvi i u slavu Bogu želiš dati.
Sad ti iskren budi pa istinu reci.
Ti mjesto za barjak svoj tražiš.

Na putu slave svoje ti izdade
ljubav našu i sad želiš ime svoje
da odugovječiš. Ali ne krivim ja tebe.
Dok u tami živjeh, ja ljubav za vjeru založih.

Ljubav jeste jaka al je vjera moćna
i iz tame izvede ona mene. Ti ne
trebaš reći kome ti se noću klanjaš.
Jasno je u što ti uloži život svoj.

U Crkvi da se moliš i za grijehe
da se svoje kaješ, ti ne želiš.
U slavu i moć Boga ti ne vjeruješ.
Valjda tebi zlato tvoje u tami svijetli.

* * *

Ja u tebe, draga, kao ti u mene vjeru ne izgubih.
U svom srcu ja ću sliku tvoju svetiti.
Ne krivi mene za život moj.
Ti za nebo, a ja za zemlju zavjet dadoh.
Sve bijaše kako Bog dragi odredi i reče.

ČAROBNA PLANINA:
PUT U PODZEMNO KRALJEVSTVO

Kroz planinu ja sam prošla.
Razdvojila se ona ispred mene i put otvorila
kao Mojsije kad je more podijelio.
Ja sam išla putem kroz planinu
što me izgubljena moja duša vodi.
I čudu čudila se ja sam u prolazu tome.

Vidjela sam kako iz pukotina stijena
voda lije na mjestima nekim...
Da iz stijene život može da se pravi?
Cvijet bijelog lotusa, listova bujnih i zelenih,
zidove stijena je krasio. Iz pukotina kamena
je rastao. Ljepote cvijeta takvog raskošnog
bijele i zelene boje ja vidjela prije nisam...
Čudu načuditi se nisam mogla ja.

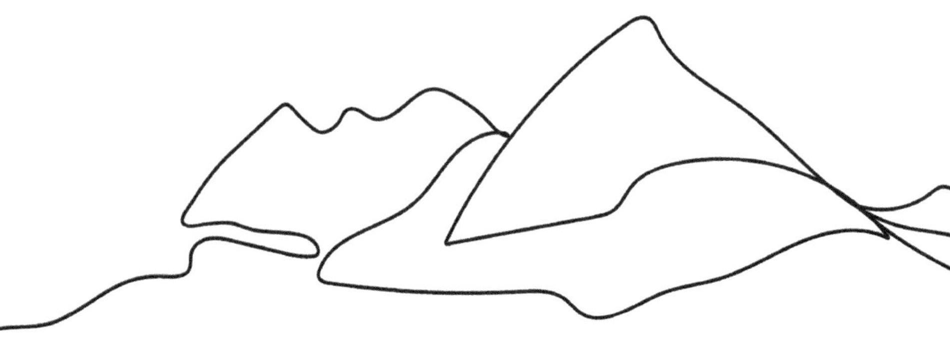

Na livadu sam stigla. I potok je tamo tekao.
Pun je barskog zelenila bio. Ptice lastavice
poviš potoka bile su u letu svome.
Igrale se one poviš barskog cvijeća tog
gdje neba i nije bilo. Ali kad sam ući htjela,
ptice na me poletješe i odatle me izguraše.
Vjerovati mogla nisam šta sve vidjeh.
Čudu tome se opet načuditi nisam mogla.

Do podzemlja je moja duša bila došla dok
u svome mraku lutala sam. Zato se istim
putem kroz planinu vratih. U povratku mome
ništa više isto bilo nije: ni cvijeća, ni vode da se
niz stijene spušta.
Samo sivi kamen u prolazu i planina što me
vrati odakle sam i došla. Čudu tome ja se
opet načuditi nisam mogla.

PJESMA O ČAROBNOJ PTICI

Ptico moja rajska, ko ti krilo tvoje slomi
i u srcu ranu pravi što ti letjeti sad ne možeš?
Je li ti u svom bolu i u šumi plačeš,
a suze ti zvončiće đurđevaka kvase?

Gdje ti srce tugu sada svija i kojem raju
cvrkut tvoje pjesme vjetar nosi?
Je li taj raj tamo gdje bijeli oblak anđele pravi,
a plavi oblak se sa Jadran morem spoji?

Ptico moja što iz raja izašla si,
ja bol tvoju ne znam ali ti jecaj čujem
i da ranjeno je srce tvoje, vidim. Daće Bog
opet da raširiš krilo i zacijeliš srce svoje.

Ti ne plači, ptico moja mila što iz raja izašla si.
Iako ti krilo slomljeno je, još ga imaš.
Kad proljeće novo dođe, ti ćeš opet preko
plavog neba da poletiš i sjaj sunca da uhvatiš.

U POTRAZI ZA SPOKOJOM

U svojoj samoći ona je pronašla spokoj.
Zatvorila je oči i osjetila kako joj je srce ozdravilo.
Zatvorila je oči i vidjela svijetlo-plavo nebo
i livade prepune prekrasnog cvijeća.

Postala je jaka. Nakon godina
ispunjenih tugom i patnjom
osjetila je da joj u srcu nema više boli.
Božja ljubav ju je izliječila,
dok ju je ljubav ljudi razboljela.

Prvi put u životu bila je srećna.
Skinula je krunu s glave i omotala maramu.
Zlato i ljubav odlučila je podariti svijetu.
Za sebe je zadržala mir u umu i vjeru u srcu.

UZMI ME ZA RUKU

·

Ljubavna poezija

NE DAJ SE

Ne daj se. Ne daj životu i tuzi
da oduzmu uspomene na ljubav
i sve što je bilo među nama izbriše.
Ne dopusti vremenu da razruši
mostove što spajali su živote naše.

Ne daj se. Ne daj životu i tuzi
da počnu pisati o melanholiji i samoći.
U svojim mislima ja sam sa tobom.
Kad zatvorim oči, ja te ljubim sa strašću
i rukama dodirujem srce tvoje.

Ne daj se. Ne daj životu i tuzi
da izbrišu ljepotu ljubavi, da nebo umjesto
vedre postane modre i sumorno boje,
a dani života ispisani tužnim riječima
dok šetamo životnim stazama.

Ne daj se. Ne daj životu i tuzi
da se utopimo u življenju života kao u
valovima okeana. Da ljubav naša
nestane u življenju beskraja. Ne daj
životu i tuzi da progutaju sjećanja na ljubav.

U ŽALU ZA LJUBAVLJU

Piši mi, ljubavi moja. Svaki dan
ja čekaću pismo tvoje. Piši mi
iz dalekog svijeta kako cvijeće miriše
u zemlji toj. I kako trava raste.
I kako godišnja doba smjenjuju se
tamo daleko. O svemu, piši mi ti.
Samo, molim te, ne reci u pismu
svom da ne voliš me više.

U samoći mojoj i danima dugim, a
noćima još dužim, tvoja slika živi ispred
očiju mojih i ja mislim na sve što među nama
moglo je biti, a nikada nije. Tvoja slika
podsjeti me na srećne dane života moga.
I ja se mislim: Gdje si sada gnijezdo
sa odsjajima ljubavi svoje svila? Gdje
tvoje oči srebrom prekrivaju sve oko sebe?

Ja tebe, najdraža moja, tako sanjam i u
srcu svome pjesme ti pišem, iako pjesnik
nisam. Dok oči mi plaču, ja se sjetim da
ljubav ti nisam dao, a ti molila si mene.
Ja ću te sresti opet. Siguran sam u to.
Duše naše dotakle su jedna drugu i o
ljubavi našoj sve su jedna drugoj rekle.
Tajne one imale nisu.

Ti mila moja, oprosti mi grijehe moje ako
možeš, a ako ne, svejedno je. Ja sam kao
i svaki drugi čovjek, samo grešnik i običan
smrtnik na putu u vječnost.

U najljepšem vrtu,
ti si moj cvijet koji svojom
ljepotom nadmašuje sve
ostalo cvijeće.

Cvijet koji je ukrašen
sunčanim zrakama,
i koji se zaliva iz izvora
moje ljubavi.

Zvijezde na noćnom
nebu se ne mogu usporediti
s tvojom ljepotom i kako
tvoje srce sija.

Zbog tebe sam se ponovno
pronašao i počeo sam
živjeti život, opet.
Zauvijek ću te voljeti.

Ti ćeš biti ljubav mog života
sve dok sam živ.

Ti ljepoto srca moga, koje si mjesto
na svijetu ovom nebeskim plavetnilom očiju
svojih ukrasila? Ispod kojeg neba sunce
zlatom tvoju smeđu kosu od svile satkanu krasi?

Zvjezdanom prašinom ja posuću puteve
do srca tvoga. Cvijetom ljubičice plave
i boje očiju tvojih posuću staze kojim tvoja
stopala mala hode. U tamnim noćima mjesecu
ću reći da osvijetli sjenke oko srca tvoga.

Ljepoto srca moga, ti što očima svojim
sam dušu milovao moja ljubav će uvijek
sa tobom da bude. Kao valovi okeana u
najvećoj snazi kroz život ona će opstati i živjeti:
neukroćena, snažna i biće vječna.

ČAROBNI MJESEC

Ptico moja, gdje si gnijezdo svoje snila?
Ja znam da od zlatnih niti i zvijezda sjajnih
kao ti što nekada sanjala si ono nije...

Život drugom dade i od mene ti ode.
Kako sada da te tješim i oči ti ljubim kada
napusti ti mene i preko plavog mora ode?

Kad noć padne i ja u nebo gledam, u mom srcu
čujem kako plačeš i ime mi zoveš, a ja
daleko sam sada iako ti ljubav sa mnom osta.

Ptico moja, kad noć padne ti umorno srce svoje
i uplakane oči prema nebu vini i vidjećeš
kako u zvijezdama srce moje piše ime tvoje.

I nek Mjesec mjesto mene onda ljubi
uplakane oči tvoje.

Dragi moj, dok te čekam
da dođeš, tvoja ljubav je
plamen u mom srcu
koji obasjava moj život.

Nadam se, ljubavi moja, da svilu
i baršun što stavila sam u tvoje
srce, grije te u hladnim noćima
dok daleko od mene si ti.

Mi smo dvije kapi ljubavi koje
se spajaju u okeanu života.
Umjesto da nestanemo u beskraju,
ljubav čini da okean života nestane
i beskonačnost postane naša.

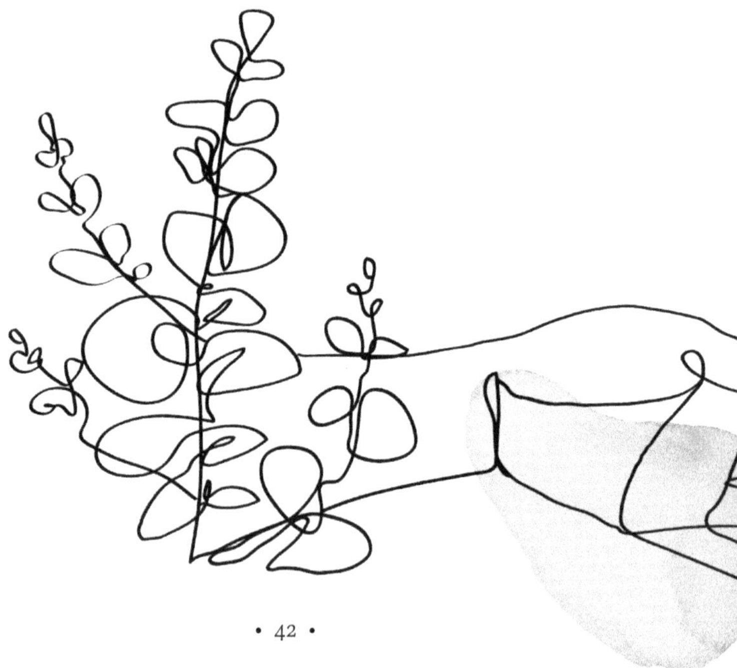

Nas dvoje, dva smrtnika
koji u sebi imaju snagu okeana,
zbog ove moći, ove snage –
sve stvoreno našom ljubavlju.

Naša tijela jednog dana postat će
pepeo nošen vjetrom u zaborav,
ali o našoj ljubavi će se pisati
i živjet će zauvijek.
Nikada zaboravljena biti neće.

LJUBAVNI ZAVJET

Piši mi.
Piši mi, draga moja, iz dalekog svijeta
o našoj ljubavi i o noćima u kojima sanjaš
želju za mojim dodirima kad zatvoriš oči,
a snovi kao domine počnu padati
i slijediti jedni druge.

Napiši mi, najdraža moja, o svemu
što ti život nosi i sudbina daje.
Moje tihe noći još proizvode
zvukove otkucaja tvog srca.
Zatvaram oči dopuštajući tvojoj ljubavi
da me prekrije kao meki pokrivač.

Kad zatvorim oči, još uvijek vidim tvoja
bijela stopala mala, koja kao peruške
nježno padaju po zelenoj travi kao po
mahovini mekoj. Još uvijek osjećam
tvoju ljubav kao kapi kiše kako pune
moje žedno ljubavi srce.

Oh, kako te samo volim i u ovoj tihoj
samotnoj noći za tvoje usne crveni pupoljak
ruže ja čeznem i želim da one dotaknu moju
dušu i ugase pustinju žeđi za tvojom ljubavlju.
Tvoje oči mile melem su srcu mome koje
sjaje i obasjavaju staze sudbine moje.

Pitam se trebam li slaviti sudbinu što
sam te upoznao ili mrziti moj život
što nikad nisi moja bila?
Cvijete moj, zvijezdo ljepša od Venere
koja sja pored Mjeseca, bila si moj najveći
san i čežnja mog života. Dok sam u ovom
životu imao sve osim tebe.

Sada sam svjedok svom životu koji
poput izgubljenog putnika nestaje
u putevima nepoznatim. Kad dođe
kraj i ja počnem umirati, dah tvoje
ljubavi sa sobom u vječnost ću ponijeti.
Ništa me istinski neće odvojiti od tebe.

Uvijek si bila biser mojih očiju,
čežnja mog srca i najljepši dio mog života.

JOŠ TE VOLIM

Ljubavi moja, još te volim.
Uspomenama tvojim dvorce od sreće gradim
dok život ih nježno ruši kao pješčane kule,
a nekada nemilosrdno kao najveći valovi
kad razbijaju stijene.

U kojoj školjci ti si sakrila biser ljubavi naše,
ja se mislim dok po pješčanim obalama hodam
gledajući kako sunce pravi nebeske boje
i iza okeana se skriva?

Ja razmišljam o prošlosti, kako na tvom
tijelu sunčevi zraci su nježno padali i od svile
satkanu kosu zlatom svojim polijevali.
Ja znam da vidjeti to opet neću, a moje sutra
više nikada srećno svanuti neće.

Ja neću više radost od ljubavi naše sniti.
Samo u kutku srca moga ostaće uramljena
Slika tvoja koja pravila je vatromete i
blještavilo u srcu mome.

POLJUBI ME

Poljubi me meko... Poljubi me nježno.
Neka tvoji poljupci obrišu suze sa mog lica.
Kao što zora i izlazak sunca njeguju cvjetove,
njeguj me ljubavlju svojom.

Poljubi me meko... Poljubi me nježno.
Neka strast i ljubav planu
i upale zvijezde u našim očima.
Kao zrake sunca prostri se po tijelu mome.
Srce moje tvoje ljubavi je žedno.

Ljubav je jača od bola i tuge.
U najvećem mraku zrake svjetla će dati.
Opraštam ti izdaju i nevjerstva tvoja,
da moje ruke zbog ljubavi tvoje krvave su bile.

Ti nisi rođen da voliš, ali ja znam,
svejedno si volio mene... Onako kako si znao.
Ispunio si moje srce ljubavlju.
Znam da ćeš me u srcu svom zauvijek voljeti.
Ti ćeš biti moja ljubav dok god sam živa.

OPIJUM

Ružo moja, najljepša meni ti si.
Ljepota tvoja svijet začarati može.
Kad suze se spuste niz lice tvoje kao
jutarnja rosa su kad na lati cvijeća pada.

Gdje sada srce svoje hraniš da ljepota
tvoja cvjeta u dugine boje što nebo
poslije kiše pravi? Ja za tobom čeznem
i venem. Tugom godine svoje ispunim.

Vrati se meni, ti ljubavi moja.
Svjetlosti života moga,
ni sunčane zrake ne mogu da sjaje
kao oči naše što ljubavlju gore.

Ja se pitam, ako zatvorim oči,
hoćeš li me poljubiti?
Ja se pitam, ako se izgubim,
hoćeš li me držati za ruku?
Ja se pitam, ako ti dam svoju dušu,
hoćeš li je voljeti?
Ja se pitam, ako otvorim svoje srce,
hoćeš li me voljeti?
Ja se pitam, što je ljubav?
Hoćeš li mi pokazati?
Ja se pitam,
kako da ti pokažem
ono što se pitam?

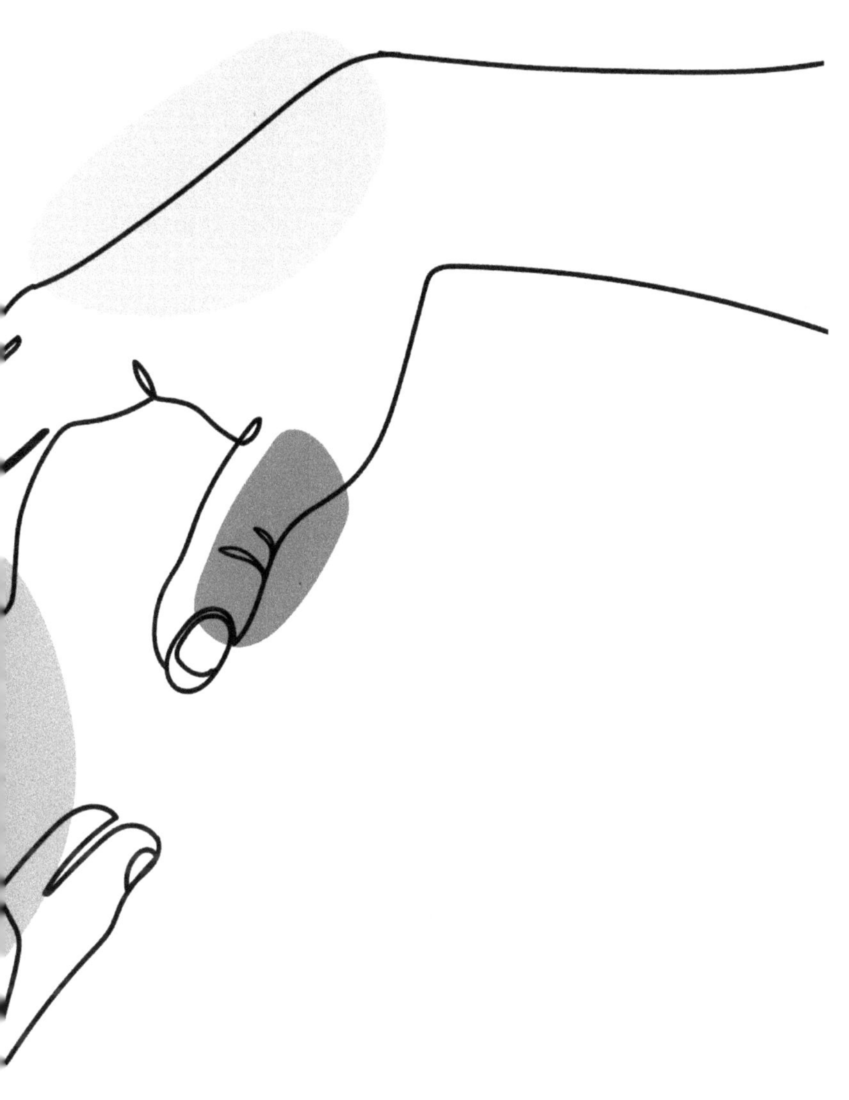

JA ĆU TE ČEKATI

Potraži me tamo gdje se Sunce svako
jutro u isto vrijeme rađa, zracima
svojima travu obasjava i kapljicama
jutarnje rose cvjetove zalijeva. Gdje
slavuji o ljubavi pjevaju, tu ćeš me naći.

Potraži me u srcu svome. Tamo ćeš
me naći. Ja ljubav tvoju čuvam i stražarim
otkucajima srca svoga. Ljubičasta ružo
ljubavi, iz moga pogleda si rođena.
Milovanjem očiju mojih si nahranjena.

Moja ljubav te u svilu zavila iako
moje ruke nikada te dotaknule nisu.
Gdje god da si sada, proljeće života moga,
ja ću te naći sa tvojih usana med da pijem
i dah sreće da udahnem.

RANJENA PTICA

Stotine štitova kojim sam se zaštitila –
stotine štitova oko mene, i ti si slomio
svaki od njih. Zrakom su počele letjeti
stotine pitanja između nas dvoje.

Razmišljala sam o svemu što sam
željela znati o tebi, pitanja koja sam
ti htjela postaviti, riječi koje sam ti htjela reći.
Sve je lebdjelo u zraku između nas dvoje.

Na kraju ništa nije rečeno ni pitano.
Ti od mene si napravio nezaštićenu,
ranjenu pticu. Ono što je nekad bila
istina, sada je postala laž.

Bio si žedan ljubavi, ali nisi htio voljeti.
Bilo ti je lako otići i krenuti dalje.
Ionako nikad ni u što nisi vjerovao.
Ti sve si svojom bezvjernosti uništio.

Također si me naučio da živim bez štitova.
Postala sam jaka. Nikad više neću biti
ranjena ptica.

USPOMENE

Voljela bih da smo se sreli u drugom svijetu,
u svijetu u kojem su osmijesi stvarni.
Gdje su osjećaji stvarni. Gdje nas griju sunce
i zagrljaji. Možda tada naša ljubav ne bi bila
nemoguća. Možda bi me tada volio zauvijek.

Uvjerio si me da vjerujem da je nemoguće
moguće. Kakva tuga i bol su ostali
od nečega što je nekad bilo tako lijepo.
Oči koje su bile pune zvijezda ostale
su prazne i tužne. Moja ljubav prema
tebi najveća je tuga mog života.

Rastrzana sam između života u sretnoj prošlosti
i useljenja u tešku, usamljenu sadašnjost.
Čak me i vlastito srce izdalo. I dalje te voli.
Stavljam hrabro lice, udišem zrak i smiješim
se svaki dan. Dok pitam se što bi se dogodilo
da se opet sretnemo?

Bih li i dalje imala osjećaje prema tebi kao
prije? Ili bih otkrila da ljubav u bolu i tuzi
izbljedjela je? Jedno je sigurno: ljubav koju
smo imali, ostavila je u meni duboku ranu za
koju se nadam da bi jednog dana mogla zacijeliti.

Ipak, mislim da nakon tebe, nikad više
nikoga neću moći voljeti.

ROMANTIKA

Moja ljubav, prekrasan je san
u kojem živim i dijelim ga s tobom;
snovi gdje naša dva srca pripadaju
i vole jedno drugo.

Naša dva srca koja su se konačno našla.
Moje srce je ružičasta ruža, koju ti
čuvaš u svome srcu. Ja pazim da se
ne pomaknem zbog čarolije kojom
zrači srce tvoje.

Želim tamo ostati zauvijek. Moj san,
gdje sam ja tvoja čaša vina; ovdje u
stvarnosti, moja koža je pokrivač
od svile omotan svuda oko tebe.

Dok živimo našu romansu, moj trenutak
s tobom je moj, s tobom zauvijek,
jer pripadamo zajedno. Naši trenutci
dok vodimo ljubav i hranimo srca jedno
drugom – naša romantika, naše zauvijek.

SANJAM

Ja sanjam da spavaš
u mome naručju.
Da te milujem u
svitanjima zore.
Ja opet sanjam.

I u sutonu kad sunce
zalazi i iza oblaka
dalekih se skriva,
da te držim u
naručju svome,
ja sanjam...

Duša ti je svjetlošću
obasjana, a srce ti je
nevino i čisto
dok ljubavlju zrači.
Sve što sam u ženi želio
u tvojim očima,
ja sam pronašao.

SLOMLJEN CVIJET

Slomljen cvijet ja sam.
Ispravi me. Ne diraj
rane u mome srcu.
One su me učinile ovakvom
kakva sam sad.

Moje srce ranjeno
preživjelo je sve rezove –
još uvijek je živo.
Voli me takvu kakva jesam,
slomljena i ranjena.

Nahrani me ljubavlju svojom
i ja ću procvjetati opet.
Ali nikad potpuno izliječeno
srce moje neće biti. Rane
su ga slomile i prepolovile.

TIHA LJUBAV

Tiha ljubav unutar snažnog gorućeg srca.
Duša koja želi da bude dotaknuta,
da bude otkrivena.
Da zaustavi usamljenost – da bude dirnuta
ljubavlju iz tvojih očiju kao nekada.
Ipak, znam da se to više nikada neće ponoviti.

Ljubav, koliko god snažno spaljena bila,
s istom snagom, uništena je. Moja ljubav
je bila, polja divljeg cvijeća koja su cvjetala
u mojim mislima kada sam srela tvoje oči kad
je tvoj osmijeh dotaknuo moju dušu i moje srce.

Nikada to neću zaboraviti, ipak, teško se sjećati.
Kako da se srce s izdajom nosi kada sam
otkrila da ti ništa nisam značila?
Još uvijek su osjećaji zaključani u najdubljim
dijelovima mog srca. Sve bih dala za tebe, ali si
me ipak ostavio. Moj plač ti nije ništa značio.

Za mene naša ljubav je bila san. Komad sreće
što sam ukrala s neba. Za tebe je to bila kratka
stanica na tvom putovanju kroz život dok si
ciljao do neba. Oči su mi suhe, ali srce plače.
Ljubav još uvijek postoji u meni.
Iz ruševina moga srca je ponovo izrasla,

Ali ja ne želim da ponovno volim. Ne želim
da ljubav iznova raste. Dovoljni su mi komadići
sna koje si ostavio iza sebe. Jednom sam to
proživjela, pa mi više ne treba.
U mom životu ništa nije bilo stvarno.
Ni tvoja ljubav nije bila prava.

Uvijek sam davala, a ti si bio najveći lovac.
Uzeo si i porušio jedino što je bilo moje i čisto.
Oštetio si moje srce i uništio moje snove –
jedinu stvar u životu koju sam cijenila,
a da je bila ostala nedirnuta i samo moja.

U MAGLI NAŠEG SJEĆANJA

Ja ne znam da li ću te ikada više sresti.
Možda nije ni važno, jer ne možemo
vratiti vrijeme. Možda nije ni važno jer
sve što smo imali ostalo je u prošlosti,
progutano vremenom.

Ti živio si za trenutak strasti u mojim očima.
Želio si udahnuti miris kose moje.
Želio si dotaknuti svijet dodirom srca moga.
I dok ja mislim o tebi, ta sjećanja polako blijede.
Sada jesen je ljubavi naše i sve tužno je.

Sumorni su dani našeg života znajući da
ljubav je ostala u prošlosti dok mi okrenuli
smo se drugim ciljevima, drugim putevima.
Kao jesenje lišće sad je ljubav ta. Izblijedilo
sjećanje koje život raznosi na sve strane.

Moje oči pune su suza, jer znam da ljubav
zajedno sa sjećanjem blijedi polako ali sigurno
i zauvijek se u životu življenja našeg gubi.

NJEGOVA RUŽA CRVENA

Moja lijepa ružo crvena koju
sam posuo zvijezdama ljubavi,
tko je sretnik da ga sada
očaravaš svojim sjajem?

Sada, kada je tvoje srce zatvorilo
vrata našoj ljubavi. Ja još umro nisam,
ali bez tvoje ljubavi i odsjaja
srebrnog sjaja kojim su svijetlile
tvoje oči, srce mi se izgubilo u tami.

Ja sve bih dao sad da živim jedan dan
u našoj prošlosti kad su moje oči
ljubile usne tvoje, a srce ti je treptalo
kao latice ruže na proljetnom vjetra.

Znam da prekasno je za oproštaj, ali
molim te, ne zaboravi me! Ti si jedina
žena u mom životu koja je zapalila
strast u meni i od mog srca od kamena
napravila gorući plamen ljubavi.

UZMI ME ZA RUKU

Uzmi me za ruku;
prošetaj me kroz parkove pune ruža.
Tvoja me ljubav čini da se osjećam
da sam i ja ruža. Želim se stopiti
sa svim ostalim ružama.

Uzmi me za ruku;
prošetaj me kroz parkove pune ruža.
Tvoja mi ljubav daje krila;
želim letjeti. Želim da leptiri
ukrašavaju moju kosu.

Uzmi me za ruku;
prošetaj me kroz parkove pune ruža.
Želim da moje bose noge hodaju po
mekoj travi. Tvoja me ljubav čini živom.
Želim uživati u tome.

Uzmi me za ruku;
vodi me gdje god želiš. Kada sam s
tobom, cvjetna polja su posvuda.
Uzmi me za ruku, pratit ću te do kraja
svijeta. Zato što te volim!

ZIMSKI CVIJET

Što bih dala u ovoj zimskoj noći,
punoj pahulja i sjajnih zvijezda,
da tvoje usne nježno dodiruju moje;
da tvoje ruke dodiruju moje grudi,
tvoje me ruke obavijaju oko struka,
grijući me.

Što bih dala večeras da zaspim
na tvojim prsimai probudim se ujutro
kao kristalni cvijet koji u slavi
cvjeta pod zimskim snijegom.

Što bih dala u ovoj zimskoj noći,
punoj pahulja i sjajnih zvijezda,
da me tvoja ljubav pokrije kao
pokrivač od bijelih pahulja –
ja kao zimski cvijet umjesto snijega,
ujutro probudim se ispod pokrivača
tvoje ljubavi.

Što bih dala u ovoj zimskoj noći,
da se ujutro probudim i tvoje oči
umjesto sunca obasipaju me
ljubavlju i milijunima zlatnih iskri.
Sanjam ovu bijelu zimsku noć punu
pahulja i zvijezda, gdje sam ja tvoj
veličanstveni cvijet, koji cvjeta pod
pokrivačem tvoje ljubavi umjesto snijega.

SRETNI ME

Sretni me tamo gdje plavo nebo dodiruje zemlju.
Na mjestu ljubavi, gdje sreća počinje.
Slijedi staze naših snova i stići ćeš tamo.
Naći ćeš me kako te čekam.

Sretni me tamo gdje planine nestaju u zraku.
Visoko iznad svijeta, gdje se rađa misterija.
Samo hodaj naprijed i slijedi sjenke ljubavi.
Naći ćeš me kako te čekam.

Sretni me tamo gdje okean skriva sunce.
Gdje najljepše boje nastaju. Plovi okeanom
na brodovima ljubavi u susret horizontu.
Naći ćeš me kako te čekam.

Nađimo se tamo gdje će naše oči voditi ljubav;
gdje će se naša srca nasmijati jedno drugom;
gdje će naše duše postati jedno.
Ako me tražiš, naći ćeš me na mjestu ljubavi
gdje je sudbina odlučila da budemo zajedno.

MRTVO MORE

Sad kad sjećanje blijedi, a srce je poput
uvelog cvijeta, sjeti se naše ljubavi.
Sjeti se sretnijih vremena. Naše
živote progutalo je vrijeme i čini se
da je sve nestalo u rijeci života i
progutano u vrtlozima izgubljenih strasti
kojima su gorjela u naša srca.

Sada samo blijeda sjećanja progone
naše živote. Kako da sama sebi oprostim
grijehe i svoja životna lutanja u potrazi
za srećom i ljubavlju? Čežnja je bila jaka,
a mir nepostojeći u mom životu.
Nisam našla ono što sam tražila, a ono
što sam najviše voljela sam izgubila.

I sada dok gledam odraze svoje sudbine
živjela sam rijeku svog života s žeđi.
Moj život bio je iluzija, a ljubav prema tebi
bila je najveća iluzija od svih.
Odrazi moje ljubavi bili su silni, da.
Mogla sam ispuniti zvijezde sjajem
koliko sam te voljela.

Ali opet je sve nestalo i izgubilo se u beskraju.
Sada gledam u prošlost i razmišljam o tebi.
Moja ljubav za tebe bila je rijeka koja je uplovila
u Mrtvo More gdje ništa nije moglo rasti.

MOJ SVIJET

Želim prošetati kroz cvjetnjak koji ti
vidiš svojim očima. Želim biti princeza
iz tvojih snova. Tvoj svijet je lijep
i želim biti dio toga.

I moj svijet je lijep, i usred raja.
Ja otvaram ti vrata svoga srca jer
i ja u tebi vidim raj. Mi nismo rođeni
da živimo sami ili gdje sjenke slobodno trče.

Nije me briga za tuđe ljubavi.
Želim imati vlastitu ljubav.
Želim znati kako ćeš se ti osjećati
i kako će moje srce kucati kad me poljubiš.

U mom svijetu sve je
oko tebe i mene.

PROHUJALO SA VIHOROM

Ostavljajući tebe, ostavljajući ljubav
koju sam mislila da sam konačno pronašla;
ostavljajući čovjeka koji mi je promijenio život;
ostavljajući tebe u dio svoje prošlosti i
napuštajući život koji sam živjela
i jedini koji sam poznavala.

Koračajući naprijed sa zbogom
svemu za što sam nekada živjela,
svemu što sam imala i znala!
Hodajući naprijed suhih očiju
dok mi je srce plakalo i vrištalo.
Hodajući naprijed ravno kao strijela
dok je svaki atom mog tijela bio slomljen
od boli za tobom.

Koračala sam hrabro unutar tame i boli,
plaćajući cijenu što sam dopustila
da se zaljubim u tebe.
Poslije tebe sam ostala slijepa,
kao što sam bila slijepa dok sam te voljela.
Dok je moja prošlost bila uništena,
moju je budućnost trebalo pronaći.
Sve to dok sam slijepo tumarala
kroz tamu nakon što sam te napustila!

To je bila moja cijena za ljubav prema tebi:
"Život izgubljen dok sam još bila živa."

Kriva sam bila što sam te voljela iako mi je u srcu
bilo žao što se nisam borila za tvoju ljubav.
Ništa u toj ljubavi nije imalo smisla.
Nitko me nije mogao razumjeti, a ni ja sama sebe.
Jedina stvar koja je imala smisla je da sam
ti konačno rekla: "Zbogom!" i nastavila dalje
sama sa svojim životom i bez tvoje ljubavi.

BESKRAJNA LJUBAV

Dok kazaljke na satu otkucavaju dane, noći
i vrijeme mog života, ja sanjam o tebi. U dugim,
usamljenim noćima tišina mi govori o tvojoj ljepoti.
Vizija tebe, slika anđela koja je zauvijek utisnuta
u moje srce i ne može izaći iz mojih misli.

Za mene si kao Sunce koje izlazi ujutro, a ja
usamljen u životu, kraj prozorskog stakla te
čekam. Čekam te, iako znam da više nikada
nećeš doći. Iako znam da sad si duša moja,
moja albatrosova krila koja bi mogla prekriti
nebo, život ugnijezditi negdje drugdje, a ne
sa mnom.

Iako znam da u tuđem zagrljaju spavaš
i njemu ti djecu rađaš... Što si ti za mene:
san, iluzija i nedodirljivo savršenstvo sa srcem
od čistog zlata? Ti si sve to i mnogo više.
Svaki dan, svaku sekundu mog života sudbina
želi da izbriše iz mog srca tvoje milo i drago sjećanje.

Želi te potpuno izbrisati iz mog života i uništiti
sjećanje na tvoju očaravajuću ljepotu. Pitam se
kakvu je igru život priredio za nas dvoje? Tišina u
noćima postavlja mi to teško pitanje. Njemu si dala
život, a meni srce. Ali ja nikada neću dopustiti da
sudbina pobijedi u ovoj nepoštenoj igri.

U svom srcu zaključao sam sjećanje na tebe
bravom svoje beskrajne ljubavi.

ČEŽNJIVO SRCE

Draga moja, moj nježni leptiru s bojama
ljepšim od duginih boja što nebo krase,
ti raširi krila ljubavi naše i pusti je da poleti.
Nad livadama zelenim i cvjetnim poljima neka
ona leti.

Pokaži mi, draga moja, gdje rijeke ljubavi teku.
Pokaži mi, draga moja, gdje i kako vatre strasti
u srcu gore. Draga moja, ružo moja najljepše
boje kestenjasto-crvene, nek te moja vječna
ljubav hrani da tvoja očaravajuća ljepota
vječno cvjeta.

Ujutro, kad sunce izađe, neka te okupa svojim
zlatnim zrakama. Navečer, kad sunce nestane
u sumrak, stvarajući najljepše boje na nebu,
neka tvoji snovi ožive. Tvoja me ljepota očarala.
Tvoja me ljubav zaposjela.

Moj leptiru, moja ružo sa najljepšom bojom
ljubavi, bordo-crvenom. Što bih ja bio bez tebe
u svome životu? Što bi bez mene ti bila u svome
životu? Osnaži krila svom srcu i pusti ga da kao
ptice poleti. Ništa nije obilježilo moj život kao
 naša ljubav.

Onaj ko nije volio nije ni život živio.

CIJENA LJUBAVI

Sto hiljada suza iz mojih očiju.
Sto hiljada suza iz mog srca.
Milijun suza moja duša je ispustila,
a suze ne prestaju.
Suze su još uvijek tu i pokazuju cijenu
nečega što se nekad zvalo ljubav.

Koliko je suza potrebno da se srce
pomiri s mrtvom ljubavi?
Koliko je suza potrebno da se
mrtva ljubav konačno prežali?
Koliko je godina potrebno srcu
da prestane biti obavijeno u crno?

Kolika će biti cijena za ono što se
nekada zvalo ljubav?
Koliko godina mog života moram
žrtvovati za godinu dana naše ljubavi?
Koliko godina mog života mora proći
prije nego što počnem ponovno živjeti?
Koliko još godina da mi se usne nasmiješe?

Kolika će biti cijena za ono
što se nekada zvalo ljubav?
Naša ljubav – moje je prokletstvo.
Naša ljubav – otrov zbog kojeg mi srce pati.
Naša ljubav – čini moju dušu bolesnom.
Voljela bih da si mi uzeo život umjesto srca.

VJEČNI UZDAH LJUBAVI

Dragi moj, ti koji u dalekom svijetu živiš,
zatvori svoje oči i pomisli na mene.
Vidjećeš odsjaje zvijezda kojima moje
oči za tebe sjaje i čuti šapate kojim te
moje srce kroz daljine zove.

Ja sam moju ljubav za tebe
u srcu svome smjestila duboko,
kao u najdublje more sam je spustila.
Kao biser u školjci skrivena ona o tebi sniva
i čeka da mi iz dalekog svijeta dođeš.

Nek tvoja ljubav za mene pokrivač
od tamno-plave svile bude. Sjajnim
zvijezdama sa noćnog neba ti ga ukrasi.
Omotaj me njime da zauvijek
dio tvoga srca budem.

Ja sam kao zvijezda na nebu zalutala.
Ti raširi svoje ruke i ja ću u njima svoje mjesto naći.
Naši uzdasi ljubavi su se sudbinom spojili
dok kroz živote putuju. Uzmi me u svoje ruke
da čarima zaljubljene žene zračim.

Što smo mi jedno bez drugog?
Samo neznatna lutajuća bića u potrazi za
ljubavlju koja će dati smisao našem postojanju.

CVIJET

Tvoje oči me pretvaraju u cvijet.
Osjećam...
Ja rastem.
Ja cvjetam.

Tvoje me oči prave da se osjećam
kako ležim u mekim laticama ruže.
Tada osjećam kako tvoje oči
počinju polako pomicati
sve te latice, po mom tijelu.

Tvoje oči – intenzitet – osjećam
njihov dodir po cijelom tijelu,
i dok me dodiruju molim se
da nikada ne prestanu.

Dok ti vidiš ljepotu u meni,
ja vidim moć u tebi.

CVIJET 2

Ti vidiš anđela u meni.
Ja u tebi vidim moć koju treba kušati.
Pomaknut ću ružine latice kojima si me
pokrio. Ja ću stajati ispred tebe.
Želiš me? Morat ćeš dokazati svoju moć.

Smijat ću ti se.
Pokazat ću ti sve što imam,
ali nećeš smjeti ništa dirati.
Okusit ću tvoju kontrolu.
Učinit ću te ljubomornom.
Okusiti snagu tvoga uma.

Kad eksplodiraš, a tvoje oči
počnu prelaziti kroz sve dugine boje,
opet ću biti anđeo,
samo da se igram ispočetka!
Onda ću opet postati vrag.

Izložit ću svoju seksualnu želju.
Provest ću te kroz vatru da vidim
možeš li me slijediti. Provest ću te
kroz mračne tunele pune đavola
da okusim tvoje strahove. Ako me želiš,
moraš imati više moći od mene.

Morat ćeš natjerati svaku ženu u meni
da se preda. Ja sam umnožena!

JA VOLIM KADA KIŠA PADA

Ja volim kada pada kiša...
Svi zidovi oko mene se rašire
i ja uživam u tom ugodnom
ugođaju širine i slobode.
Kiša za mene kao da zaustavi
vrijeme življenja i priroda se stopi,
a i ja sa njom. Sve postane mirno.

Misli što me tište u životu nestanu,
a bol sa srca kiša sa sobom utopi.
Ja zažmirim i zamislim mlake
kapljice kiše na svojoj goloj koži.
To me vrati u vrijeme kad sam bila
malo dijete.

Kiša je bila topla tada, a ja tako
srećna kad kiša pada istrčala bih vani
i u sreći na kiši gazila po mlakom blatu
u koje su moja dječija mala stopala tonula.

Ja volim kada pada kiša...
Moje suze mogu biti i kapi kiše.
Mogu sebi dopustiti da budem slaba i ranjiva
Da moja bol se oslobodi iz srca i duše.
I najzad, dok moje oči plaču a srce boli,
ja neću osjećati krivnju što sam slaba.
Sve to može biti dok živim u skladu
sa kišom koja pada.

Kiša me vrati u vrijeme kada mi je
tako malo trebalo da budem sretna.
Kiša je čarobna i iz plavih oblaka na zemlju
pada čineći da cvijeće cvjeta i trava raste.

Da si ti sa mnom da mi upotpuniš te dane,
kišni dani bi bili najljepši proživljeni dani u godini.

DIO SRCA NJEGOVOG

Još uvijek sanjam i vidim vatru u tvojim očima.
Vatra koja je plamtjela i grijala moje srce.
Molim te, nemoj mi reći da među nama
sve gotovo je. Skupo sam platio svoje greške.
Život bez tebe nikada nije bio sretan.

Prije tebe moje srce nije znalo šta je ljubav.
Sada samo sniva o ljubavi i
što moglo je biti između nas dvoje.
Moje greške polako brišu životna sjećanja
koja bi trebala biti sretna i dugovječna.

Moja sjećanja su sada jesenje oluje i kišne
kapi života moga, koje polako brišu život i
dočekuju sezonu mrtvih. Žele izbrisati sjećanje
na tebe. Ali nema te oluje koju život može
stvoriti da te potpuno ukloni iz mog života.

Zauvijek ću te voljeti. Nemoj mi reći da je tvoja ljubav umrla, a tvoje srce skamenjeno od bola i tuge postalo. Ne reci da su rijeke naše ljubavi nestale u okeanu tuge. Ja to ne vidim tako. Moja ljubav još je uvijek živa kao prvog dana kada sreli smo se mi.

Sad dok brojim svoje preostale dane i greške svog života, ima ih toliko, nijedna velika kao tebi učinjena. Žaljenja, i toliko ih se niže igrajući se tvojom slikom i našom ljubavnom uspomenom kao kada se vjetar igra listom koji leti u zaborav...

Ja se ne želim prepustiti vremenu...
Moje srce nikada neće potpuno presušiti.
Iako si suza srca moga još uvijek si i bićeš zauvijek moja.

CVJETNA POLJA

Nađi me. Voli me kao što nikad nisi
volio ni jednu ženu prije mene. Čekat
ću te, u najljepšem cvjetnom polju,
da vodiš ljubav sa mnom
na laticama milijuna crvenih ruža.

Kad sam s tobom, svuda oko mene
cvjetaju ruže. Naše duše su predodređene
da zajedno vode ljubav. Tvoje srce je
moje i može kucati samo za mene.

U tvoj život, nijedna druga žena neće ući.
Nikada neću dopustiti da drugu ženu voliš,
da uzme ono što je moje i što pripada meni.
Moj život je smrtan, ali moja ljubav prema
tebi je vječna.

Voljet ću te do kraja vremena. Moja ljubav
su povjetarac, sunčeve zrake, i najljepše
zvijezde na noćnom nebu. Moja ljubav je
prekrasna misterija koja postoji samo za
tebe i mene.

Moja ljepota je moje prokletstvo.
Dok mi lice sija, srce mi plače.
Svi kažu da je u redu da plačem
zato što sam lijepa.

Moja snaga je moje prokletstvo.
Dok su mi kosti slomljene,
moje tijelo još uvijek stoji snažno.
Svi kažu da je u redu lomiti me
jer ja sam jaka.

Moje srce je moje prokletstvo.
Ja volim sve, nitko mi ne uzvraća ljubav.
Svi kažu da je u redu jer moje srce je
puno ljubavi.
Moj život je taj koji je proklet.

Bila sam malo crno pače
koje su svi kljucali u glavu.
Glava mi je zacijelila, ali srce mi je oštećeno.
Ja sam labud koji plače!

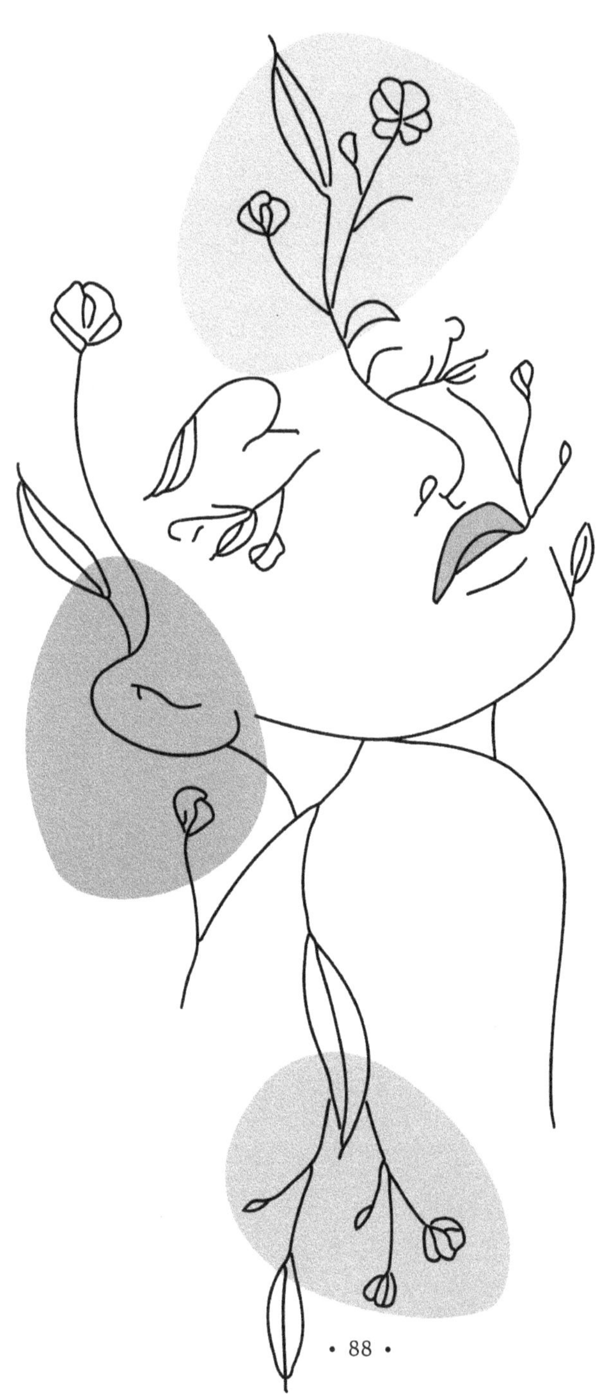

LABUD II

Kao odrasla osoba, sama sam
se odlučila na samoću.
Želim da mi suze teku.
Kad moje srce ne može voljeti,
bar sam ga pustila da plače.

Ipak, nitko ne vidi moje suze.
Svi vide svjetlucavu zvijezdu na
mojoj glavi. Sad su prestali
da me kljucaju, i svi me žele
rastrgnuti.

Noću se osjećam kao da sam
jedino živo biće koje diše zrak.
Ali u redu je. Sama sam
izabrala samoću, da me
prestanu udarati i trgati.

Tijelo mi je puno boli,
ali u redu je. Moja bol me je
naučila da budem ponosna
na svoju zvijezdu i držim je čvrsto
da sjaji na mojoj glavi.

LJUBAVNI PROZOR

Padaj, padaj kišo, iz mog srca.
Imaš pravo pokazati da si u boli.
Za ljubavlju sam žudjela ali u bolu sam živjela.
Nije bilo ulice koja bi me mogla dovesti
do njegova srca ili u njegov um.

U nekom trenutku našeg života smo se sreli.
U nekom trenutku našeg života rastali smo se
zauvijek. Nema više ljubavi. Ljubav nije nikad
ni postojala. On je bio dio sna koji sam željela
živjeti. Poznanici, ali ne i ljubavnici.
Ne zaljubljeni par.

Nije nam suđeno bilo živjeti te snažne osjećaje
koji su letjeli u zraku između nas dvoje.
Ljubav je letjela, ali nikad se nije ugnijezdila
u njegovom srcu. Upoznala sam ga samo da mu
kažem jedno posljednje: "Zbogom!"

Pamćenje i mašta ostali su da mi pokazuju
što je moglo biti između nas. Gledajući sada
kroz prozor u svoj život, vidim ga kako nestaje
u vremenu života, kao što vidim i svoj život kako
prolazi.

Baš kao što se cvijeće suši, a da ne procvjeta,
moja ljubav prema njemu prolazila je kroz
sezone. Ljubav koja nikad nije procvjetala.
Ljubav zauvijek izgubljena u vremenu koje prolazi...

JEDINA

Daleko u zemlji snova
naći ćeš moju ljubav.
Ne traži je tamo gdje srce
gori od žeđi i oči plaču.

To nije mjesto
gdje te moje usne ljube,
a proljetni vjetrovi ime ti raznose
po livadama punim cvijeća.

Tamo gdje sreća ne postoji,
ne postoji ni ljubav. Ne postoje ni snovi
naši što sanjali smo mi dok naše oči
ljubav su vodile.

Tvoja poezija moja tuga
sada postala je,
a tvoja ljepota
neispunjena praznina.

Leptiru moj, najljepši cvijete,
moje oči su te milovale
iako moje ruke držale te nisu.
Ja te nikad zaboraviti neću.

RANJENO SRCE

Ljubavi moja, oči su ti kao more
duboko, sve tajne svijeta one
su skrile. Kosa ti je kao tamno nebo
što noć prekriva. Ljepota tvoja
nestvarna je meni.

Kako da te volim ja, običan smrtnik
i grešnik? Kako usne tvoje od meda
da ljubim i dah života sa njih da pijem?
Volim te više od sebe samog
iako sudbina je svoje rekla,
pečat stavila i od mene te uzela.

Sve godine života bez tebe prazne
su mi prošle. Sve noći samoćom su
ispunjene bile dok u danima sa samim
sobom borbu sam vodio da zaboravim
suze u očima tvojim.

Ja mislio sam da me voljela nisi
dok drugom si život dala, a
nisam znao koliko patili si i
kako ranjeno srce tvoje je bilo.

POLJUPCI NA USNAMA

Tamo gdje ljubav umrla je
ni suze ne mogu više teći.
Presušile su iz srca one
koje tužno poslije tebe ostade.

Kao list jesenji vjetrom u zaborav
nošen ljubav naša je sada.
Sa jesenjim lišćem u zaborav ode
i nikada više vratiti se ona neće.

A ja se pitam kakve oluje
pokopaše te u vremenu života
i radost sa tobom u vječnost
odnesoše, a ranjeno srce ostade meni?

Ni suze više ne mogu da se
niz lice moje spuste... Tvoji poljupci
jedino na usnama kao sjećanja
ostaše i svjedoci postojanja ljubavi naše.

VOLJENA

Tvoje ruke po meni; tvoja ljubav
u najdubljim dijelovima mog srca.
Koliko je lijepa naša ljubav?
Ne mogu te se zasititi.

Kakvu si vatru zapalio u meni?
Čini me divljom i umiljatom u isto vrijeme.
Utapam se u tvojim rukama.
Nestajem i topim se u tom tvom tijelu!

Ja sam kap vode na dlanu tvoje ruke.
Pretvaraš me u milijune ružinih latica,
koje nestaju, isparavaju u zrak,
s dodirom tvog daha na mom licu.

Ti me upotpunjuješ
na najljepši i najposebniji način.
Ne postoji nitko kao ti na ovom svijetu.
Kako sam sretna što među svim ženama
ti odlučio si voljeti baš mene!

PUTOKAZ
ZA LJUBAV

·

Ivo Kobaš

Stacy Nicholson, odnosno Stana Ninković Gligorević, živi i radi već dugo u Australiji gdje i piše, uglavnom na engleskom jeziku. Zato je na našim područjima manje poznata. Ali sad objavljuje i knjigu ljubavne poezije u svom zavičaju, na svom maternjem jeziku, da je razumiju i na našem govornom području. To je prilika i da se upoznamo sa njenim talentom za opisivanje onih najtananijih osjećaja koje u nama stvara ljubav.

Kada pročitamo njene stihove, onda nam ti osjećaji postanu još uzvišeniji, važniji i ljepši nego što su nam se prije čitanja činili. Neke možda i prepoznamo kao svoje, jer baš tako smo ih i mi doživjeli, a neki nam se učine poželjnim, a nedostižnim. Neke bismo željeli iskusiti, osjetiti bar na trenutak, ma koliko nas to koštalo.

Ova knjiga počinje ljubavlju koja je iskazana prema Bogu, a koja u Staninoj poeziji ima važno, reklo bi se počasno mjesto. Ona je i stavlja na početak knjige kako bi joj još više dala na značaju. Ali ta ljubav je isprepletena s ljubavlju prema ovozemaljskom partneru, jer sve ljubavi imaju nešto zajedničko, ne mogu se sasvim odvojiti. Ona ima više komponenti, ali sve čine jednu nedjeljivu cjelinu: // Dolje na zemlji, ja, u manastiru sam konačno / pronašla svoj dom. / Odatle se molim za tebe da na tom mjestu / gdje sada živiš i tvoje ruke dodiruju nebo, / ti si našao sreću i radost u svojoj slavi. / Bog je donio konačnu odluku o nama / i izabrao naše puteve. //

U pjesmi se ne samo Bogu moli za pravu ljubav, nego se poučava partnera da se također moli i da vjeruje, a ako to oboje rade, nada da će šansa biti veća da bude onako kako oni u molitvama traže: // Ljubavi moja, ti ne gubi nadu / i u Boga vjeru ti potraži. / Ja ću da klečim i za tebe / da se Bogu molim / tvoji grijesi da postanu moji. //

Ali autorica put do Boga nije pronašla ni brzo ni lako. Prošla je ona mnoga iskušenja dok nije ugledala svjetlost koja joj je osvijetlila stazu koja vodi u pravom smjeru: // Kroz planinu ja sam prošla. / Razdvojila se ona ispred mene i put otvorila / kao Mojsije kad je more podijelio. / Ja sam išla putem kroz planinu / što me izgubljena moja duša vodi. / I čudu čudila se ja sam u prolazu tome. //

U drugom, većem dijelu knjige opisana je ljubav između muškarca i žene. To je ljubav o kojoj se toliko piše i govori, a o kojoj nikada nije sve rečeno i valjda neće ni biti rečeno ni napisano. To je tema toliko složena i slojevita da je nemoguće otkriti sve njene tajne i naći jedinstvenu formulu po kojoj bi se ljubav učinila savršenom. U svojim pjesmama poetesa opisuje neka ljubavna pitanja gledajući na njih iz posebnog, svog ugla, iz koga mi obično ne umijemo pogledati. To je ljubav koja nije jednostavna, ali koja vrijedi, za koju se treba boriti uporno i snažno i ne smije se pokleknuti pod bremenom teškoća. Zato treba ohrabriti zaljubljene: // Ne daj se. Ne daj životu i tuzi / da oduzmu uspomene na ljubav / i sve što je bilo među nama izbrišu. / Ne dopusti vremenu da razruši / mostove što spajali su živote naše. //

Sve ljubavi su lijepe, drage i životno važne, ali naše su nam najdraže i najvažnije i one nam se čine drukčije od drugih zbog toga što su od njih i veće i snažnije: // U najljepšem vrtu, / ti si moj cvijet koji / svojom ljepotom nadmašuje / sve ostalo cvijeće. //

Kada je ljubav tako velika, iskrena i snažna, onda nas to ponese u visine, pa letimo, činimo nemoguće i toliko se zanesemo da i obećavamo nemoguće: // Zvjezdanom prašinom / ja posuću puteve do srca tvoga. / Cvijetom ljubičice plave i boje očiju tvojih / posuću staze kojima tvoja stopala mala hode. / U tamnim noćima mjesecu ću reći / da osvijetli sjenke oko srca tvoga. //

Ljubav je nekada samo osjećaj, mašta, čežnja. Nešto što je daleko, možda i nedostižno. Ali to je i ono tjelesno, opipljivo i mnogima dobro poznato. To su poljupci, strasni dodiri…: // Poljubi me meko… Poljubi me nježno. / Neka strast i ljubav planu / i upale zvijezde u našim očima. / Kao zrake sunca prostri se po tijelu mome. / Srce moje tvoje ljubavi je žedno. //

Nažalost, ljubav nije uvijek sretna. Ili bar nema uvijek sretan kraj. Tako se dogodi da ljubavnik ode drugoj. Ili ode da bude sam. To su velike traume i tada se preispitujemo, razmišljamo o sebi, ali i o onome koji nas je ostavio: // Gdje sada srce svoje hraniš da ljepota tvoja / cvjeta u dugine boje što nebo poslije kiše pravi? // Ja za tobom čeznem i venem. / Tugom godine svoje ispunim. //

Ljubav je nekada toliko komplicirana da nam se čini nepoznatom, pa se izgubimo u pitanjima. Sve nam je nejasno, imamo bezbroj pitanja, a ni jedan siguran, pouzdan odgovor: // Ja se pitam, ako zatvorim oči, / hoćeš li me poljubiti?

Ja se pitam, ako se izgubim, / hoćeš li me držati za ruku? / Ja se pitam, ako ti dam svoju dušu, / hoćeš li je voljeti? / Ja se pitam, ako otvorim svoje srce, / hoćeš li me voljeti? / Ja se pitam, što je ljubav? / Hoćeš li mi pokazati? //

Nekada problemi narastu toliko da se izgubi nada u bolju budućnost. Rane postanu neizlječive, smrtonosne. Čini se da povratka nema, da je kraj neizbježan: // Ali nikad potpuno / izliječeno srce moje neće biti. / Rane su tako duboke da / su ga slomile i prepolovile. //

Kažu da uglavnom nismo svjesni prave vrijednosti nečega što imamo. Recimo vrijednosti zdravlja, mladosti, slobode... Tako je i s ljubavlju, postajemo svjesni koliko nam je važna tek kad je izgubimo: // Ja sve bih dao sad da živim jedan dan / u našoj prošlosti kad su moje oči / ljubile usne tvoje, a srce ti je treptalo / kao latice ruže na povjetarcu / proljetnog vjetra. //

Pjesnikinju ljubav nekada podsjeća na uvelo cvijeće. Nekada je ljubav leptir. Nekada je to svjetlucava zvijezda, povjetarac, sunčev zrak... Ali bilo u kom obliku da se pojavljuje, bilo s čime da se poredi, ona je uvijek važna i njena uloga je nazamjenjiva. Bez ljubavi život ne bi bio vrijedan, ne bi bio ni sličan onome koji je njome ispunjen i koji je, u stvari, pravi život; život dostojan ljudskog bića.

I oni koji nisu dovoljno razmišljali o važnosti ljubavi u životu, nakon što pročitaju Stanine pjesme, postaju svjesni koliko je život ispunjen ljubavlju lijep i vrijedan i koliko je tragati za ljubavlju u životu i naći je važno. Zato je dobro i korisno čitati ove pjesme, jer one nam poput putokaza pokazuju čemu u životu trebamo težiti, koji ciljevi su nam najvažniji. Hvala Stani za to usmjeravanje.

O AUTORU

Stacy Nicholson (rođena Stana Ninković Gligorević) rođena je u Donjoj Dubici, u opštini Odžak koja se nalazi u Bosanskoj Posavini (sada Posavski kanton), na sjeveru Bosne i Hercegovine. Napustila je svoj rodni kraj za vrijeme rata devedesetih godina prošlog stoljeća i našla svoj novi dom u Australiji gdje je završila školu za bibliotekarstvo i napravila uspješnu karijeru u toj struci. Njena životna iskustva duboko su uticala na njen autorski rad, ali i rad na humanitarnom polju. Do sada je izdala tri knjige na engleskom jeziku: dvije zbirke poezije i svoju životnu priču.

Beskrajna ljubav joj je četvrta knjiga, treća knjiga poezije i prva na maternjem, bosanskom jeziku. Knjiga se sastoji iz dvije različite grupe pjesama Religiozne poezije pod nazivom Veličanstvena zvona i ljubavne poezije pod nazivom Uzmi me za ruku.